문학과지성 시인선 524

무구함과 소보로

임지은 시집

문학과지성사

문학과지성사에서 펴낸 임지은의 시집

때때로 캥거루(2021)

문학과지성 시인선 524
무구함과 소보로

초판 1쇄 발행 2019년 2월 19일
초판 10쇄 발행 2024년 4월 22일

지 은 이 임지은
펴 낸 이 이광호
주   간 이근혜
편   집 박선우 이민희 조은혜 김필균
펴 낸 곳 ㈜문학과지성사
등록번호 제1993-000098호
주   소 04034 서울 마포구 잔다리로7길 18(서교동 377-20)
전   화 02)338-7224
팩   스 02)323-4180(편집) 02)338-7221(영업)
전자우편 moonji@moonji.com
홈페이지 www.moonji.com

© 임지은, 2019. Printed in Seoul, Korea

ISBN 978-89-320-3522-2 03810

이 책은 서울문화재단 '2018년 첫 책 발간지원사업'의 지원을 받아 발간되었습니다.

이 도서의 국립중앙도서관 출판예정도서목록(CIP)은 서지정보유통지원시스템 홈페이지
(http://seoji.nl.go.kr)와 국가자료공동목록시스템(http://www.nl.go.kr/kolisnet)에서
이용하실 수 있습니다. (CIP제어번호: CIP2019004638)

문학과지성 시인선 524
무구함과 소보로

임지은

시인의 말

미안합니다, 그런 말은 깨진 컵 같았다
싫은데요, 인상 쓴 말은 접시처럼 평평했다
힘내세요, 뾰루지 같은 말은 누르면 아팠다
잘될 겁니다,
뻔한 말을 종이컵처럼 구겼다

아마 우리가 접시란 걸 닦고 있었다면
가장 소중한 걸 깨뜨렸을 것이다

2019년 2월
임지은

무구함과 소보로

차례

시인의 말

I

I

부록

땀에 젖은 문장으로 내달릴 것
넘어가지 않는 페이지를 넘기는 기분으로
순간을 찢을 것

벤치에 앉아 주인을 기다리는
개처럼 골몰하다
잠시 모자 속에서 꺼낸 날씨를 산책한다

이리로 가지 마시오
구름으로 가시오

같은 기분 위에 서 있는 오후
사과나무의 기분은 좀 멀고
방향 표지판의 기분과는 가까운

생각을 얼마나 멀리 던지느냐가 이 산책의 관건이다

목줄보다 긴 그림자를 가지게 되는 것은
이 산책의 부록이다

닐아가기 직전의 모자처럼
바람에 기대앉아
밑줄 가득한 햇빛을 넘긴다

그러니
두 다리를 잃어버릴 것
처음 듣는 음악으로 조깅할 것

지루한 생각을 열고 뛰어나가는 개처럼
첫 문장은 시작된다

내가 늘어났다

아침에게 발견되지 않으려고 장롱 안에 숨었다
나라는 사실이 숨겨지지 않았다
벽을 문지르자 덩어리가 만져졌다
밀실 안에서 반죽이 부푸는 방식으로
나는 두 명이 되었다

깜짝 놀라 철제 손잡이를 돌리자
문밖에 또 다른 내가 서 있었다
오늘은 어떤 나로 외출할까
고민하는 일이 많아졌다

어떤 나는 속눈썹을 붙이고 외출을 했다
어떤 나는 안경을 쓰고 도서관에 갔다
어떤 나는 지하철에 가방을 두고 내렸다

나는 매일 다른 나와 마주쳤다
자주 너답지 않아,라는 말을 들었다
나다운 게 뭐지? 생각하는 동안 다섯 명이 되었다

말투라든가
웃을 때 입 모양
음료 안에 생각을 젓는 속도
빠르게 분리되어가는 나와 우리

나는 충분히 나인 척했어
거의 내가 될 뻔했어
넌 제발 나인 척 좀 하지 마!

우리는 아프게 찔러대는 포크의 기분을 갖게 되었다
팔과 다리가 섞인 채로 밥을 먹었다
토론은 너무 고단했기에
종종 식탁 위에서 잠이 들었다

나는 식탁에 엎드린 나를 단단히 뭉쳐
꿈속으로 데려갔다
하얀 종이 위에 우리는 눈사람으로 서 있었다
지루함이 녹아내릴 때까지
만들고 부수길 반복하며

공기가 차가워 눈을 떴을 땐

아침이었고

장롱 안이었다

철제 손잡이를 잡아당기는

두 손엔 이상할 만큼 핏기가 돌지 않았다

바닥에는 하얀 종이 뭉치들이 굴러다녔다

나는 가끔 편의점이나 서점에서 목격되었지만

과일들

필통에 코끼리를 넣고 다녔다
지퍼를 열었는데 코끼리가 보이지 않았다
거짓말이었다
오렌지였다

나는 덜 익은 오렌지를 밟고
노랗게 터져버렸다
가끔은 푸른 안개가 묻어 있어도 좋았다

이제 나는 오렌지가 어떤 세계의 날씨인지
알아내는 일에 빠졌다

박스째 진열된 과일 가게에 갔다
기다린다는 건 잘 익은 바나나
지갑을 열고 거짓말을 꺼냈다
딸기였다

손바닥 위에 씨앗 코끼리
공기 중으로 흩어지고 있는 분홍의 과즙

딸기 속에는 아주 작은 물고기가
헤엄치고 있었다

나는 이제 거짓말이
어떤 세계의 바다인지 알아내는 일에 빠졌다
오렌지 속에 코끼리를 넣고 나왔다

벤딩 엄마

1

얼마나 늘어나려고 해요? 엄마

다리는 두 개로 여전한데

이름은 불릴 일 없어 뭉개져버렸는데

욕실에서 깨진 타일을 쓸어 담는 엄마가

화장지로 대화를 이어 붙이고 있다

지겨워 못 살아, 저런 것도 자식이라고 한 칸

나니까 참고 살지 두 칸

그러니까 참지 말고, 엄마 세 칸

대화는 습기에 약하고

다음 칸으로 가기 전에 뚝뚝 끊어진다

2

엄마는 같은 가게에 간다
입는 옷만 입는다
아는 사람만 만난다
어제와 같은 반찬을 만든다

최대한 오늘을 어제처럼 산다
엄마는 어제의 총집합이다

3

수도꼭지를 틀자
엄마가 흥건해진다

그만 울어요 엄마

창문을 열자
엄마가 시원해진다

빨아놓은 바지가 마르지 않았다

고무줄로 된 바지를 입고
흘러내리는 생활을 추켜올리는 엄마

엄마, 그거 내 바지야

어쩐지 바지는 엄마한테 너무 길고
엄마는 잠든 가위로 나를 자른다
피 한 방울 흘리지 않고,
깨끗하게
책상 위 좀 치울래? 딸

엄마, 이거 내 꿈속이야

엄마는 잘못 빨아서
줄어든 스웨터를 입고

보풀처럼 나를 똑똑 떼어낸다

엄마에겐 내가 너무 많아서
이 꿈이 언제 끝날지 알 수 없다

생선이라는 증거

욕조에 잠긴 나는 팔과 다리를 잃었습니다
멸치들의 대화가 들렸습니다
수족관에 갈치와 고등어는 모두 죽었답니다
울음에서 어떻게 걸어 나가죠?

나는 늘 진심이 모자랐습니다
사람들 앞에서 입을 가리는 버릇이 있었습니다
내게서 비린내가 날지도 모른다는 사실이 두려웠습니다

계단에서 미끄러질 때마다
앉아 있던 의자가 축축하게 젖어 있을 때마다
나를 의심했습니다

입안에서 돋아나고 있는 짧은 가시와
아침이면 베갯잇에 수북이 쌓인 비늘들
뭔가 잘못되었다는 걸 알 수 있었습니다

바짝 마르고 싶은 심정으로 옥상에 올라갔습니다
누군가 내 이름을 한 번만이라도 불러주었더라면

생선이 되는 일 따위는 없었을 텐데요

기분은 왜 물 위에 뜨지 않죠?
멸치들은 모두 배수구로 빠져나가고
창밖으로 밤이 흘러넘쳤습니다
물에 녹은 손금이 모르는 방향으로 뻗어나갔습니다

누군가 나를 발견한다면 그는 희귀한 낚시꾼으로 불리
게 될 테죠

몸은 하얗게 썩고 있지만
이제 막 생겨난 지느러미만은 빛나는
온몸을 진심으로 뒤덮은
옥상 냄새가 나는
날씨는 잊은

나는 다가오는 금요일 욕실에서 발견될 것이지만
생선에게 미래 따위는 오지 않을 것입니다

깨부수기

남편은 벽을 바라봤다

벽 속에 뭐가 있나요?
벽 속엔 아무것도 없다고 했다

남편은 저녁도 먹지 않고
주말 영화를 시청하듯 벽을 바라봤다

여보, 오늘은 월요일이잖아요
그는 이제 벽 속에서 내일을 보고 있다고 했다

잠도 자지 않고
벽을 바라보던 남편은 벽에 기대었다
그의 입술이 살짝 벽에 닿았다

대체 무슨 맛이죠?
그는 벽 안쪽의 깊은 고독이 느껴진다고 했다

깜빡 잠이 든 내가

화장실에 가려고 일어났을 때
남편이 벽으로 빨려 들어가는 것을 목격했다
흐름이 조금 밀리고 그는 벽의 일부가 되었다

뺨일 거라고 만진 곳은 엉덩이고
진심이라고 만진 부분은 주로 거짓인 벽

나는 벽 안쪽에서 무슨 일이 일어나는지 알고 싶었다
망치를 들고 와 깨부수기 시작했다

벽이 사라지고 있었다
하지만 그는 발견되지 않았다
튀어나온 못만이 할 말처럼 남아 있었다

다음 날 벽지에 풀칠을 하던 도배공이 물었다
벽 속에 뭐가 있나요?

나는 남편이 있다고 했다

돼지가 산다

정오가 되자 그림자가 짧아졌다
3시가 되어도 그림자는 길어지지 않았다
누군가 물고 간 게 분명했다

읽던 책을 잠시 덮어두고 편의점에 갔다
왔다
결말이 사라졌다
누군가 뜯어 먹은 게 확실했다

창문을 열었다
아주 잘 닦인 거라고 생각했는데 유리가 없었다
누군가 바삭 깨뜨려 먹었다

그러니까 물컵에 비친 분홍 꼬리를 본 것
에이미 와인하우스를 들을 때 쿵쿵거리는 소리를 들은 것

욕실에는
이제 막 물을 밟은 발자국

바닥의 물을 닦으며 거울을 본 순간
돼지 한 마리를 발견했다

그것은 내 그림자를 가졌으며
읽지 못한 소설의 결말을 알고 있었고
발이 흠뻑 젖어 있었다!

그러니까 돼지는 내 몸속에
함부로 구겨져 있었던 것

돌아오는 밤이면 냉장고를 열게 하고
더러운 나를 욕조에 담가
쏟아질 것 같은 잠을 베풀었던 것

나는 종이 위에 돼지를 풀어놓았다
신호등이 점멸하자 차들이 뒤엉킨 도로처럼
점점 넓어지는 돼지의 영역

생각은 한없이 뚱뚱해질 수 있고

돼지는 검은 눈으로 나를 쳐다본다
내 다리로 걸어 다닌다
오렌지? 오렌지.
버스? 택시!

돼지는 많은 것을 결정할 수 있다

책을 계속 읽을 것인가
유리창을 열 것인가
나를 닫을 것인가

바코드

차가 주차되어 있다

8 809077 790430

내려다보면
마치 거대한 바코드처럼 보인다
신이 읽으려고 하면 바코드는 계속 변하고

나는 주차장에 진입한다
이렇게 삐뚤 수 있나 싶게 주차를 하고

시청 건물 안으로 들어간다
희망 발급에 관한 서류를 작성한다

상품명: 희망
생산국: 하늘나라
제조업체: 신 협동조합
상품 종류: 전자 제품에 가까운 느낌

자신이 신발인지 개미인지 관심이 없는
공무원은 서류를 훑어본다

사진이 삐뚤어졌네요?
나는 사진 찍는 일부터 다시 시작해야 한다

삑 그리고 다음
삑 그리고 다음*

사람들이 하나의 바코드로 처리된다

사진 속에 삐뚤어진 내가
주차장으로 오면
이렇게 삐뚤 수 있나 싶게 주차된 차가 있다

신은 무엇을 읽었는가?

초저녁의 늦은 낮잠

괜한 말투의 뾰족함

걸으면 삐걱거리는 문장

보통보다 고통에 가까운 스물여덟

나를 읽었다

* 김하온 · 이병재의 노래 「바코드」 중에서.

연습과 운동

닭고기는 쫄깃함을 연습한다
식탁은 가족을 연습한다
포크는 침묵을 찍어 올린다

전구가 깜빡이며 우주를 연습하고 있다
나는 입술을 지우고 여분의 손잡이를 단다
얼마간의 틈을 위해 눈을 감는다

문이 되는 연습이 끝나지 않았는데
누군가 나를 열고 들어온다

컵이 컵 밖으로 흘러나왔구나
새가 실패를 거듭했구나

누군가 나를 문이라고 부르기 시작한다
나는 거의 다 휘어졌다
눈썹 위에 걸어둔 표정이 발등 위로 떨어진다
운동화의 밑창이 헐거워진다

어떤 표정도 짓지 않음으로
나는 계속될 것이다

가운데부터 사라지는 아이스크림의 운동
거꾸로 읽어도 토마토인 운동

어른이 되는 연습 없이
어른이 된 아이들은
마음을 자전거처럼 문밖에 세워두었다

페달에 올라가 무게를 구르면
딱 어제의 산책만큼 가벼워진 나의 자세

도서관 사용법

『늦지 않고 도착하는 법』이라는 책을 읽고 있습니다
나는 이 책의 대출 기한을 넘겼습니다 더 이상 새로운 하
루를 빌릴 수 없어 담당자를 찾아갔습니다 문장은 내용
을 대신할 수 있을지도 모릅니다 나는 솔직하게 말하는
법이 어렵습니다 귀퉁이가 잔뜩 접힌 일기장은 본래의
두께를 잃어버렸습니다

　당신은 아직도 당신입니까? 사서가 뾰족한 안경테를
만지작거리며 마우스 휠을 움직입니다 나는 발끝에 슬리
퍼를 건 채 천천히 곡선이 되는 법을 연구하고 있습니다
빈속을 채우러 자판기로 갑니다 차가운 음료는 며칠째
고장 중입니다 새가 떨어뜨린 그림자를 자전거 한 대가
가위처럼 자르며 지나갑니다

　나는 글자들이 다 사라진 페이지를 펼칩니다 '계단은
빈칸과 생각을 연결하는 법이다' 보이지 않는 문장을 어
떻게 읽을 수 있었는지 알 수 없지만 나는 가장 깊은 생
각을 찾아 계단을 내려갑니다 지하는 출구의 반대말이라
든가 유리벽은 생각이 미끄러지기에 적당한 온도라든가

문을 열면 사라지고 문을 닫으면 나타나는 옥상이 나에게도 존재한다는 사실

　글자들은 너무 가벼워 훔칠 수 없고 나는 점점 작아집니다 빈칸 하나만 겨우 주머니에 넣고 열람실을 빠져나오는 길 돌아서는 곳마다 물음표가 나를 가로막습니다 왜 침묵할수록 입안은 더 간지러워지는 법입니까? 타인의 문장은 어떤 식으로 만질 수 있는 것입니까? 문득 사서가 읽고 있던 책의 제목이 궁금해집니다

오늘은 필리핀

몇몇 사람이 모였다
대화의 주제는 여행 가고 싶은 도시

주로 집에 틀어박혀 지내는
안움직, 씨는 안 가본 도시의 이름을 적는 것으로도
하루가 다 갈 것 같았고

자칭 여행가인 비정규직, 씨는
자주 이직해야 하는 탓에
출근마저 여행으로 생각한다고 했다

한 번도 말라본 적 없는 먹음직, 씨는
77사이즈가 보통 체형인 도시로
여행 가는 것을 선호했고

종일 환자들의 썩은 이를
들여다보는 전문직, 씨는
이제 그만 다른 것을 보고 싶었다

그래서 그들이 고른 도시는 필리핀
에서 다 함께 먹는 머핀
위험하다면 잡아당겨 안전핀
뮤직, 씨가 온갖 핀으로 플로우를 타는 동안

발등의 불을 끄느라 뒤늦게
도착한 정직, 씨는
사람들의 마음속에서 스위치를 찾으려 했지만
그런 건 있을 리 만무했고

비 오는 날 우산이 없던
지지직, 씨는 공항으로 마중 나오라는
문자 대신 텔레파시를 보냈기에
속옷까지 전부 젖었다

내일은 이어폰
을 꽂고 출근할 테지만
오늘은 필리핀에 관한 시를 썼고
엊그제는 죽은 단어를 핀셋으로 건져 올렸다고

말한 이가 있었으니

아직 시인이란 꿈을 보관 중인 간직, 씨였다

함묵증

리을을 발음하지 못하는 병에 걸렸다
사랑을 하지 못했다
길이 어긋났다
기분을 단 한 줄도 읽지 못했다

발음 교정 병원의 의사는 채찍을 들고 있었다
따라 하세요, 의사는 말했다

여러분, 여분
카메라, 카메오
정리하다, 정치하다
동물, ……짐승!

회피하지 마세요, 의사는 채찍을 휘둘렀다
어휘력이 늘었을 뿐이라고 생각할 수는 없었다

꽃은? 시든 게
              천사는? 악마인 게
                        포기는? 성급한 게

도착은? 하지 않는 게

달아나지 마세요, 의사는 채찍을 휘갑았다
취향이 조금 바뀌었을 뿐이라고 생각할 수도 없었다

*

편지를 썼다

선생님, 저는 제가 자꾸 말인 것 같은 기분이 듭니다
말을 하려고 하면
누군가 나의 고삐를 당겨 혀를 멈추게 합니다

한계선을 넘으면 전기 충격을 받는 동물처럼
이젠 어떤 선도 넘지 못하고

나를 놀리던 사람들은 고릴라, 코알라,
바닐라 아이스크림 같은 얼굴로 세상을 살아갑니다

*

월요일 경마장의 말들은 새로운 코스를 달린다
바닥의 높낮이와
커브의 섬세함을 외울 때까지

그건 혀가 입안을 두드리는 방식과 비슷하다

다시 읽어보세요, 의사가 말했다

woowoolhae
roller coaster tago siper

미안해, 행복해지고 싶어

의사가 눈썹 뼈 근처를 긁적거렸다
나는 단지 언어가 달라졌을 뿐이라고 생각했는데

간단합니다

지금이 몇 시인지 알고 싶다면 시계를 보면 됩니다

나는 어디로도 갈 수 있고
어디로든 가지 않을 수도 있고
좀더 복잡해질 수도 있습니다

함부로, 쉽게, 간단하게
지워버려도 의미가 변하지 않는다는 이유로 부사를 사
랑합니다

한없이 가벼운 자세를 지니고 있다는 점에서
의자를 신뢰합니다

설탕을 빼버리면 이 세계의 복숭아는 모두 상해버리고
통조림 안의 복숭아는 안전합니다

간단합니다
얼마간 부사가 되어 있겠습니다

그건 검은 해변에 운동화를 놓고 오는 일
잘 닦인 유리창에 지문을 남기는 일
줄넘기 없이 수요일을 뛰어넘는 일

아프리카로는 갈 수 없지만
내일로 갈 수 있을 만큼 다리가 길어집니다

얼굴은 내 것이지만 타인의 영향 아래 있습니다
구름도 어쩔 수 없는 날씨가 있습니다

저기 뒤뚱거리며 걸어가던 기분이 넘어집니다
펭귄처럼, 거꾸로, 각별하게

코끼리는 잘 알아

버릴 것이 생길 때마다 노래를 불렀다 *코끼리 너머엔 코끼리가 가득하고 코끼리는 가장 코끼리에 가까워* 누군가 문을 두드려주길 기다렸다 방 안 가득한 냄새를 버리러 갈 수 있도록

아무도 노크하지 않았는데 회색 코트를 입은 아빠가 걸어 나왔다 종이봉투처럼 구겨진 얼굴을 하고, 배고픈 강아지가 뒤따라 나왔다 입안에 웃음을 삼키려고

외로움이 눌어붙은 갈색 소파가, 접시 위에 먹다 남긴 후회가 차례로 버려지는 동안 나는 코끼리가 가벼워진다고 믿었다 그건 정전이 되는 일 내 안에 동물이 두 눈을 번쩍 뜨는 일 비로소 창밖이 환해지는 일

창밖은 내다 버린 것들로 가득했다 누군가 앉은 의자 누군가 쓰다듬은 고양이 누군가 넘어뜨린 여자* 버리지 않은 것들로도 가득했다 비가 내리는 저녁 달리기 좋게 휘어진 저녁 거실에 혼자 있는 저녁

문을 열자 쓰레기 더미가 움직였다 풍선처럼 조금씩 부풀면서 운동화 모양의 귀를 달고서 의자로 된 다리를 내디디면서 내가 알고 있는 것들이 쾅 소리를 내며 닫히고 있었다

어디로 갈까? 어디로든! 나는 키가 한 뼘 자란 채로 텅 빈 도로를 걸어갔다 *코끼리 이후엔 코끼리가 가득하고 코끼리는 코끼리를 가장 잘 알아* 우리가 부른 노래들이 쿵쿵 소리를 내며 따라오고 있었다

* 자크 프레베르의 「메시지」(『절망이 벤치에 앉아 있다』, 김화영 옮김, 민음사, 2017)에서.

프리마켓

사람들이 쓰던 물건을 둘러봅니다

(아끼는 엄마를 들고) 이건 어디에 쓰는 거죠?
　　　　　　　　　　시도 때도 없이 나를 걱정해줍니다

(티셔츠를 만지며) 입어봐도 되나요?
　　　　　　　　　　갈아입는 곳에 출구가 있습니다

(우산 속 흘러내리는 비를 맞으며) 이건 어떻게 멈추죠?
　　　　　　　　　　환상을 접으면 됩니다

사람들은 표정을 들었다 놓니다
위치를 자주 찡그립니다

나는 오래된 사물처럼 앉아 있습니다
눈꺼풀이 지루함을 깜박이게 합니다

초록색에서 벗어난 연두색
뒤집으면 필통이 되는 양말

한 번도 떠나본 적 없는 식탁의 휴가

모두 내가 갖고 싶은 것들입니다

더는 사용하지 않는 친구가 집에 가겠다며 일어섭니다
나는 잘 가라고 합니다

말라붙은 노래를 부릅니다
낙엽으로도 대신할 수 없는 그것은,
아주 건조해서 입 밖을 나서는 순간 부서져버립니다

그거 나한테 팔래?
친구는 노래를 돌돌 말아 피우고는
문밖으로 사라집니다

내 손에는 자전거 열쇠가 들려 있습니다
만지면 심장을 돌리는 소리가 납니다

좋은 거래였습니다

생각 침입자

누군가 다급하게 욕실을 두드린다
무슨 일이죠?
문밖에 한 남자가 서 있고
발밑에 그가 하다 만 생각이 쓰러져 있다

급하게 벗어놓은 슬리퍼처럼
너무 커서 신을 수 없는
생각을 일으켜 세우고서야 깨닫는다

그는 어떻게 내 머릿속에 들어온 걸까?
그러자 벼락처럼 끼어드는 생각
나 옷은 입었나?

흰옷에 묻은 얼룩처럼 어디서 튄 건지
분명하지 않은 생각
쌓아놓은 수건처럼
와르르 무너지는 겹겹의 생각

나는 생각 속에서 남자를 꺼내 이불처럼 펼친다

안팎이 뒤집힌 물고기나
올라갈 수 없는 사다리처럼
가능성과 불가능성이 교차된 이불

주머니가 달린 생각을 옷걸이에 걸어놓고
물 한 잔을 나눠 마신다
뒤늦게 아주 선명한 것이 물 위로 떠오른다

그는 오래전에 나를 얼어붙게 만든 적이 있다
꽝꽝 울게 만든 적이 있다

주위를 둘러보면 온데간데없고
그가 침대 위에 내버려둔
생각이 천천히 머릿속으로 흘러 들어갔다

그러자 불현듯 스치는 생각
창밖에 그는 다 녹았나?
수도꼭지 없이 생각을 어떻게 잠글 수 있나?

아무것도 아닌 모든 것

나는 기모입니다

취향에 따라 김오라고 불리기도 합니다
김에 관해서라면 역시……
조미 김입니다
밥을 싸 먹기도 하고 식빵 사이에 끼워 먹기도 하는

잘 구운 김을 이에 붙여 썩은 이로 속이기도 합니다
정말 속는 이가 있는지 모르겠으나

나는 기모입니다, 겨울에 유행하는

후드티나 바지 안을 긁어서 만든 보풀입니다
멀쩡한 것을 조금 망가뜨리면 내가 됩니다

내 영어 이름은 낮잠 중에 지어졌으나
방심하다,라는 뜻도 있습니다

1월의 사람은 방심한 사이에 3월의 사람이 되고

진정한 새해란 새 학기가 시작되는
3월 아니겠냐며
조금 가벼운 티셔츠를 꺼내 입습니다

나는 기모입니다, 입고 있자니 덥고 벗어버리자니 싸
늘한

함께 있기는 싫고
혼자 있기는 더 싫어서
나는 나를 겹쳐 입었습니다

아무것도 아닌 것의 승리를 기원하며
슬픔에 관해서라면 오!를 외치며

기모는 쓸모없이 아주 긴 낮잠입니다

밤마다 깨어 있는 탓에 어둠을 잘 알고 있고
누워 있는 탓에 바닥과 가장 가까운

느낌의 문제

느낌은 내 앞에 남자처럼 앉아 있다 할 말이 있다는 듯
오른손 위에 왼손을 올리고 느낌이 말하고 움직이는 걸
본다 느낌에게 잘 보이고 싶어 목이 마르다 느낌은 컵에
담긴 물보다 차갑다 느리다 가까이 다가가고 싶은 맛이
다 느낌은 하얀 탁자 위에 물을 엎질렀다 물이 탁자를 적
시는 동안 느낌은 더욱 진해졌다 한 번도 느껴본 적 없는
감정이 거리를 까맣게 물들였다 우리는 손을 잡고 어둠
이 전부인 거리를 걸어갔을 뿐인데 이 시간에 아직 문 연
가게가 있어요,라며 들어왔을 뿐인데 물 한 잔이 우리 앞
에 놓였고 우리를 적셨고 어쩔 줄 모르겠다는 표정으로
서로를 쳐다봤을 뿐인데 아마 이 느낌은 마르지 않을 것
이다

II

기린이 아닌 부분

벽지에서 기린을 발견했습니다

한밤중 부스럭거리는 소리에 뒤돌아보았거나
손안에 든 예감이 둥글게 만져졌거나
티브이에 전원이 스스로 들어왔을 때

기린은 좀더 기린 모양에 가까워졌습니다

눈에 띄게 털이 자라고
발끝에서 시작된 균열이 바닥으로 번지고
불을 켜고 끌 때마다 쿵쿵 가까워지는 발자국

기린은 나와 같이 목욕을 하고
책을 읽고 낮잠을 자고
기린과 나의 목이 길어지는 하루

집 안을 바짝 말리고 싶은 날에는
잠시 기린을 햇빛에 꺼내놓았습니다

하지만 곧 다른 무늬로
번져버릴지도 모른다는 생각에
멸종 위기에 처한 기분으로
벽을 쓰다듬었습니다

그러자 어둠 속에서 나타난 기린이
천천히 어깨를 핥아주었습니다

기린은 벽지 안에 잘 살아 있습니다

뒤꿈치를 들고 걸어 다니는 습관을 따라 하며
세상의 동물원을 순례할 계획을 세우며
당근을 골라내는 식성을 닮아가며
새로 산 무늬를 입어보고
자, 어때? 말할 때

나는 점점 눈이 나빠졌고
손톱이 몽땅 빠진 채
벽지 안에 웃고 있는 무늬가 되었습니다

우리는 진화를 거듭하며 미끄러질 것입니다

자세히 들여다보지 않으면
발견할 수 없는
나와 기린의 모든 것
그건 자연이 아닌 부분

스툴과 자세

*

내 방엔 의자가 많다
등받이가 없는 의자도 있고
다리가 모자란 의자도 있다

있다 보면…… 의자가 아닌 의자도 있다

앉을 곳이 없는 사람은 어딘가 불편하지만 견딜 만하다

*

일어서고 싶은 자세를 기다리다
움푹 꺼지고 마는 의자들의 장례식

그러니 앉기 전에 물어봐야 한다

어떤 자세가 좋겠습니까?
계속 살아 있어도 되겠습니까?

*

의자가 전시되고 있다

퍽 합리적인 방식으로
어디에다 두어도 좋을 만한 쓰임새로

의자는 재질이나 안락함으로 선택된다

당신의 무례함이나
소리 내어 끌어당기는 버릇은 고려하지 않는다

의자는 당신을 선택한 적이 없다

*

의자가 영화를 본다
의자가 대화를 한다
의자가 수업을 듣는다

인간보다 더 인간다운 의자가 생겨난다

그런 의자가 버스를 움직이게 한다
당신을 흔들리게 한다

커브를 돌 때
당신은 손잡이를 꼭 잡는다
그리고 문이 열리면 누군가의 의자가 되어 내린다

차가운 귤

퇴근한 남편이 재활용품을 분리하러 갑니다
나는 큰 상자를 질질 끌며 따라갑니다
넓고 길쭉한 마음을 접어놓지 않았습니다

돌아와 유통기한이 지난 식빵에
설탕을 뿌리고 달걀을 입힙니다
하고 싶은 말이 프라이팬 위에서 까맣게 타고 있습니다
저녁의 한쪽 면을 뒤집습니다

우리는 시간을 담은 박스처럼
나란히 앉아 코미디를 봅니다
오늘은 왜 야구를 보지 않아요?
남편이 자기 마음이기 때문이라고 합니다

남편에게 마음이 있다는 사실을 자꾸 잊어버립니다
마음을 글러브처럼 들고 있고 싶습니다
던지면 어디서든 받을 수 있게

있잖아요, 수요일이 창문을 흔듭니다

남편은 저녁도 거른 채 잠이 들었습니다

나는 불도 켜지 않은 채 냉장고로 가
다정함을 꺼내 먹습니다
다정함은 차갑습니다
말랑말랑합니다
하필 귤 맛이 납니다

나는 미처 닫지 못한 창문처럼 앉아 있습니다.
크고 두툼한 손에 다정함을 쥐여줍니다
그가 자는 잠에서 귤 향이 나는 것 같습니다
잠에서 깬 그가 손안에 노란색을 발견합니다

그는 다정함을 야구공처럼 굴려봅니다
껍질을 벗겨 입안에 넣습니다
남편의 뒷모습이 둥글어지고 있습니다
어디로든 굴러갈 수 있게

있잖아요, 7시가 아침을 흔듭니다

다정함은 이제 우리 사이에 투명하게 끼어 있습니다
넓고 길쭉한 상자처럼
어느 방향으로도 접을 수 있게

더 이상 버릴 것이 없어
휴지통을 들고 그가 따라나섰습니다

궁금 나무

궁금함은 나뭇가지처럼 자랐다
가지를 하나 잘라서
물음표를 만들어도 괜찮을 것 같았다

어른 이후에 뭐가 오는지
궁금하지 않으니까
한숨처럼 말할 수도 있으니까
애완동물같이 무럭무럭 질문을 길렀다

왜 나를 뱉었어요?
나와는 다른 것이 될 줄 알았거든
주워 담을 수 없는 말들이 늘어났다

계단은 나를 뛰어넘은 물질이에요?
엄마는 하지 마와 그만해를 섞은 문장이에요?

나를 뚫고 나온 질문들을
하나씩 나무에 걸기 시작했다
머리카락이 몰라보게 가벼워지고

나무가 자랐다, 대답보다 거대하게

나는 두 팔을 벌리고 서 있었다
아무도 다음으로 건너갈 수 없도록
왜 사람이 사람인지 움켜쥘 수 없도록

손끝에 돋아난 질문을 떨어뜨리자
복숭아와 오이와 오렌지가 동시에 열렸다
서로 엉켜 있어 잘라낼 수 없는 대답이었다

햇빛이었다

무서운 이야기

나는 무서움이 할머니만큼 좋았다
껌껌한 골목길을 걸었다

누군가 따라오고 있었다
내가 걸으면 걸었고 내가 멈추면 멈췄다

시체를 파먹는 귀신이나
목소리로 아이들을 홀린다는 장산범은
할머니의 이야기 속에 살았는데

처음 보는 그림자와 아주 가까워졌다
나도 모르게 두 눈을 질끈 감았다

얘야, 그것보다 더 무서운 게 있단다

할머니는 글씨를 읽을 줄 몰랐다
학교에 다녀본 적이 없었다
집에서 멀리 떠나본 적도 없었다

어느 날, 아이가 생겼다
호랑이를 닮은 첫째와 호랑이를 삼킨 둘째와
호랑이를 물리친 셋째와 호랑이가 물어 온 넷째……

그런데 얘야, 요즘 세상은 다르지 않니?

나는 천천히 고개를 돌렸다
그런데요, 할머니

주머니에 손을 넣어 작은 칼을 만지작댔다
그것은 누군가를 찌른 적 없었지만
찌르게 될까 봐 더 무서웠다

남자가 내 어깨를 툭, 치고 지나갔다
움켜쥔 손을 펴자 여자라는 단서가 또렷해졌다

할머니, 이제 무서움은 이야기 속에 없어요
다리를 달고 거리를 걸어 다녀요

남자가 사라진 곳을 한참 동안 쳐다봤다
다시 누군가 걸어오고 있었다
발이 떨어지지 않았다

건축 두부

1

쌓고 쌓는 것이다
쌓고 무너뜨리는 것이다
무너뜨리고 토닥거리는 것이다

언니 일어나, 건축할 시간이야

동생은 웃음을 쌓는다
컵을 쌓고 블록을 쌓고 여름을 쌓는다
벽돌로 창문을 만든다

근데, 저건 흰 벽이잖아

나는 꿈속으로 들이닥치는 햇빛을 닦는다
잘못은 왜 닦아도 흘러넘칠까

2

흰색을 쌓고 소금을 넣으면
두부는 숨어 지내기 좋은 집

창밖으로 눈이 쌓이고 있다
동생은 창문을 활짝 열어놓는다
추운 겨울이
걸어 들어오라고

퍼놓은 국이 다 식는다

엄마는 깻잎을 다듬는다
단어를 차곡차곡 쌓고
빈칸을 바른다

너무 짜거나 싱거워서 버려지는 생각들

3

깜깜한 방 안에서
환하게 빛나는 것을 본다
발밑에서 뜨겁고 물컹한 것이 만져진다

대체 이게 뭐지?
봄처럼, 동생이 대답한다
언니도 참, 두부잖아

그러니까 종이보다 종이에 가까운 창문
여름엔 컵이 되고
겨울엔 깻잎이 되는 문장들

동생은 계절을 쌓고 무너뜨리지 않는다
아이스크림 한다
두부가 녹는다

우리는 새로운 건축을 전개한다

꿈속에서도 시인입니다만

나는 24시간 동안 시인입니다
사전에 담긴 단어를 씹어 먹고
화장실에선
거대한 비유를 낳는

오! 나는 48시간 동안 시인인데
그거 아세요?
아직 72시간 동안
시인인 사람은 없다는 사실을

시인들은 시를 쓸 때만 시간의 법칙을 잃어버릴 수 있
습니다

어째 오늘을 계속 어제로 착각하더라니!
그러니까 시인은 계속 뭔가를 잃어버리고 싶은 사람이
군요

문장이 오길 기다리다
71번 버스를 갈아타는 바람에

몇몇 시인은 완성되었습니다

그러니까 시인은 우연을 마중 나가는 사람이군요

예쁜 옷을 샀음
맛있는 음식을 먹었음
오늘도 해가 떴음

이런 말들로 시를 쓸 수 있다면 좀더 좋은 시인이 될
수 있을까요?

24년짜리 적금을 붓듯 시를 쓴다면
24분 후, 어디서도 본 적 없는
시가 완성되어 있다면

뒷걸음칠 때조차 앞으로 나아가는 기분일 겁니다

하고 싶은 게 없어서
하고 싶어질 때까지 시를 썼을 뿐

입니다,라고 말하는 시인은

전자레인지에서 알맞게 조리된 생각을 꺼내고
건조대에서 바짝 마른 비유를 걷습니다

나는 이제 꿈속에서도 시인입니다만
발끝부터 새로워지려고 이름을 지우고 시를 씁니다

과학의 법칙을 거스르는 의자에 앉아
중력을 기다리는 사과나무의
기울기로
한 잎, 한 잎 페이지를 넘깁니다

개와 오후

둘둘 말아놓은 오후가 옷장 밑으로 굴러 들어간다
꺼내려 할수록 더 깊숙이 처박힌다
개가 인형을 물고 뜯는다는 것은
산책이 필요하다는 신호
나는 움직이고 싶은 생각이 없다

시계에서 꺼낸 숫자를 개에게 던져준다
그러자 1시이면서 3시인
게으르면서 7시인 개가 다가와 얼굴을 핥는다
개의 혀는 무섭도록 따뜻하고 돌기가 있다
차가운 음료에 맺힌 오후가
개의 콧잔등을 적신다

먼지를 뒤집어쓴 개는
손바닥만 한 햇빛을 베고 잠이 든다
나는 숫자가 다 떨어진 시계를 쳐다본다
언제 발끝에 오후가 물들었는지 지워지지 않는다
비누처럼 미끄러운 것이 필요하다

한 시야, 세 시야, 얼어붙은 일곱 시야
아무리 불러도 시계는 움직이지 않고
검둥개만이 일어나 눈앞에 놓인 오후를 삼켜버린다
오후는 머리부터 발끝까지 털이 나 있다
으르렁 소리를 낸다
순식간에 문밖으로 달아난다

개를 기다리는 마음으로 오후를 보낸다
1년이 넘도록 개는 돌아오지 않고
낮은 문턱이 있는 방바닥을 쓸어본다
읽을 수 없는 숫자처럼 생긴 털들이 잔뜩 묻어난다

털을 뭉쳐 조금 늦은 1시를 만든다
신발이 벗겨진 3시를 만든다
옆면이 구겨진 7시를 만든다
처음 보는 시간들로 시계를 가득 채운다
오후가 조금 다른 속도로 흐르기 시작한다

그늘을 머리끝까지 덮고 잠이 든다

꿈속으로 검둥개가 찾아온다

개는 꼬리를 흔든다

뜨거운 오줌을 싼다

발끝이 하얗게 물들어서 지워지지 않는다

죽음처럼 축축한 것을 입에 물고 있다

개와 수박

접시 위에 심심함을 올려놓고
굴러다니는 모든 것을 수박이라고 불러야지
오후가 사라지는 놀이를 하고 있다

나야 하고 부르면 응, 너야라고 대답해줄 사람이 없다
꼬리를 흔드는 개가 있다

오늘 이후에 무엇이 상하는지 알고 싶어
둥글게 파먹은 수박을 식탁 위에 올려놓았다

수박은 그릇이 되어 가장자리가 말라붙었다
그건 시간이 담기고 있다는 증거
나는 찰랑거리는 오후 4시를 맛보려 했지만
순식간에 개가 핥아 먹어버리고

개는 수박을 모자처럼 뒤집어썼다
한 시, 두 시, 여섯 시 짖어댔다
시간을 삼켜버린 개는 온통 늙어서

하얗고 불투명한 눈으로 식탁을 쳐다봤다
거기에는 아무것도 없는데
식탁을 닦아둘 걸 그랬다

식탁 아래 몸을 숨긴 개를
수박이라 부르면
개가 조금 사라지는 마법이 일어나고

누군가 나를 부르는 소리가 듣고 싶어
냉장고 문을 열어두었다

나야, 정말 나야

수박은 간신히 꼬리를 흔들었다
얼마나 웅크리고 있었는지
안과 밖이 구별되지 않았다

모르는 것

이 작고 주름진 것을 뭐라 부를까?
가스 불에 올려놓은 국이 흘러넘쳐 엄마를 만들었다

나는 점점 희미해지는 것들의
목소리를 만져보려고 손끝이 예민해진다
잠든 밤의 얼굴을 눌러본다

볼은 상처 밑에 부드럽게 존재하고
문은 바깥을 향해 길어진다
엄마가 흐릿해지고 있다
자꾸만 사라지는 것들에게 이름표를 붙인다

미움은 살살 문지르는 것
칫솔은 관계가 다 벌어지는 것
일요일은 가능한 헐렁해지는 것

비에 젖은 현관을 닦은 수건은 나와 가깝고
불 꺼진 방의 전등은 엄마와 가깝다
오래된 얼룩을 닦는다

엄마 비슷한 것이 지워진다

나는 리모컨을 시금치 옆에서 발견한다
쓰다 만 로션들이 서랍 속에 가득하다
며칠째 같은 옷을 입고 텔레비전을 켠다

채널을 바꾸려는데 엄마가 보이지 않는다
엄마의 이름도 떠오르지 않는다
엄마를 방 안에 넣고 다음 날까지 잊어버린다

한옥순

제주도에 가본 적 없는 할머니는
지금은 없어진 한라산을 피운다
끝이 뭉뚝해진 지팡이로
언젠가 무너질 다리를 건넌다

평상에 앉아 지나가는 사람들의 뒷모습을 닦는다
할머니, 오늘은 몇 명이 지나갔어요?
오늘은 사람 대신 죽음이 지나가더구나

삶은 달걀에
얼마 남지 않은 시간을 찍어 먹으며
할머니는 이제 곧 없어질 입술로 이야기한다

못 본 척하셨어요?
죽은 사람의 이마는 낙타도 걸을 수 없는 사막인걸

할머니는 텅 비어 있는 이마를 만지며
환하게 웃는다
사라지고 있는 손으로 내 볼을 쓰다듬어준다

창밖으로 걸어가는 게 낙타의 그림자였는지
빗물의 그림자였는지 알지 못한 채
나의 두 발은 모래 속으로 푹푹 빠진다

두 다리만 남은 할머니는
높고 가파른 곳으로 향한다
벼랑에서는 밧줄을 잡아야지
죽음을 붙잡으면 어떡해요

다 없어진 할머니를 노트에 옮겨 적는다
옮겨 적는 일 외는 더 할 수 있는 게 없어서
내 이름 위에 할머니의 이름을 꾹꾹 눌러쓴다

평상 위에 할머니는
내가 돌아오는 시간을 닦고 있다
12시가 모래알처럼 반짝거린다

이제, 얼굴을 들고 내가 닦을 차례다

빈티지인 이유

슬픔이 빈티지인 이유를 말해준다니까
너는 외국 도시 이름 같다고 한다
외국에서는 슬픔도 머플러가 될 수 있다고
한겨울 목에 두르면
부러운 나머지 북극곰이 찾아올 수도 있겠다고

슬픔이 빈티지인 이유를 말해준다니까
너는 두 사람의 이야기를 들려준다
겨울이 취미인 그들은 체크무늬 장갑을 샀고
하나씩 나눠 낀 채 동물원을 빠져나갔다고
내 손 위에 너의 손을 포갠다

우리가 슬픔을 숨기지 않고 가꿀 수 있다면
창틀 위에 쌓인 눈
눈이 가득히 덮인 숲
그 흰색에 가까운 따뜻함으로
서로를 쓰다듬었을 텐데

우리는 등이 간지러운 북극곰처럼 마주 앉아서

빈티지를 말한다
겨울이 녹고 있으니까 슬프고
기르던 개를 만날 수 없어 슬프다
오래된 것들이 빠르게 사라지고 있다

슬픔이 빈티지인 이유를 찾으려니까
이제 슬픔은 새롭지 않아서
우리는 동네에 하나뿐인 세탁소에 간다

계절이 바뀌어도 찾아가지 않는 옷들 위로
차곡차곡 슬픔이 쌓인다
더러는 버려지거나
뒤늦게 주인이 찾아가거나
외국에 사는 누군가의 머플러가 되겠지

아빠의 옷장에서 모자를 꺼내 쓴 내가
할머니의 조끼를 입은 너에게 빈티지를 말한다

휴가지에 두고 온 애완동물처럼

새까만 발바닥을 하고서
도저히 끝날 것 같지 않은
도로의 표정을 하고서

I can do this all day

얼음 같은 심장 아래 잠들어 있다
아이는 내가 시를 쓸 때 깨어난다

아이는 성별이 없다
정확한 나이도 모른다
번개맨인지 캡틴 아메리카인지 모를
파란색 쫄쫄이를 입고 있다

　오늘은 시가 잘 씌어지지 않는다고 생각할 때 아이는
말한다

"I can do this all day."*

아이는 게임과 웹서핑을 좋아하지만
정작 중요한 메모는 손으로 적는다

거기에는
불빛, 멀리뛰기, 희망, 미래,
병원, 일요일, 신념, 희생 같은 것들이 적혀 있다

아이가 살던 시대에는 카세트테잎이
어지럽게 돌아갔다
내가 알던 시대는 이미 지나갔다

세상은 끝없는 운동장이다
나를 알던 사람들은 어디쯤 쓰러졌는가?

나는 숨이 끊어질 듯한 기분으로
세상의 모든 아이는 고아라고 쓴다
그 문장은 많은 것을 건드려준다

꿈을 꾸는 이유와 꿈을 잊어버리는 이유와 꿈을 잊어
도 찾아오는 이유와 꿈이 찾아왔지만 꿈을 이룰 수 없는
이유까지

종이는 되돌아오는 샌드백처럼 집요해서
온 힘을 다해야 한다
그래야 다음 칸으로 움직인다

옆자리에서 손으로 턱을 괸 아이가 묻는다

언제까지 할 셈이죠?

"I can do this all day."

* 영화 「캡틴 아메리카」의 주인공인 스티브 로저스의 대사. 하루 종일
할 수도 있어,라는 뜻.

미래의 식탁

다 식은 찌개를 데우고 있다
커튼이 그늘을 데려와 앉는다

혼자 하는 식사는 귀가 붙어 있는지
만져보아야 한다
찌개에 수저를 담그고
뭉크러진 양파의 호흡을 건진다

닦지 않은 그릇들이 개수대에 모이고
고개를 숙이면 무거운 생각들이
발밑으로 굴러떨어지는 저녁

누구의 생일도 무슨 기념일도 아니지만
오븐에서 밀가루가 부풀고
손바닥 모양의 시계가 구워진다면

옥수수 같은 얼굴을 가진 아이와
식탁에 앉아 대화를 굴려보겠지
이제 막 여행에서 돌아온

가방의 안부를 펼친다

안은 곧 밖이 될 거야
도착은 이미 흘러나왔다
나는 너의 미래가 될 거야

우리는 기울어진 의자에 걸터앉아
쓱쓱 맛있게 시간을 비벼 먹는다
아이가 컵에 고인 세계를 엎지른다

차가운 저녁을 가득 담은 채
빈방은 커다란 배낭이 되고 있다

소년 주머니

한낮에 큰 울음소리가 들린다
아래층에서 나는 소리다
9층에서 6층으로 내려간다
복도에 자전거가 넘어져 있지만
이 울음과는 무관하다

아이가 울고 있다
무슨 일이니?
엄마가 문을 열어주지 않아요
초인종을 눌러도 소용없어요
집에 아무도 없기 때문에

그럼 우리 집에 가서 전화를 걸자
네 이름이 뭐니?
시훈이요
시훈이 어머님이시죠?
우리 시훈이는 학교에 있을 시간인데요

너는 시훈이가 아니다

그럼 너는 누구니?

재훈이요

재훈이는 도장에서 태권도를 하고 있어야 하는데

너는 왜 우리 집에 와 있는 거니?

아줌마가 날 이리로 데려왔잖아요

그래, 그랬지

우리 엄마가 데리러 올 때까지

이 집에서 나가지 말래요

밖은 너무 위험하니까

문을 경계로

안은 집이 된다

그런데 엄마는 언제 오신다니?

저녁이 되어도 초인종은 울리지 않고

아이는 신주머니를 안고 잠이 든다

신주머니 안에는 신발이 잠들어 있겠지만

아이를 흔들어 깨운다
아줌마가 왜 여기 계세요?
여긴 우리 집이잖아요

문을 경계로
어떤 꿈은 현실이 된다

엄마를 부르기 전에 어서 나가주세요
집이 위험해지기 전에 밖으로 나간다

손에 들린 주머니에는
이름을 알 수 없게 뒤엉킨 소년들
뒤축이 까져 있거나
밑창이 닳아 없어진

지나가던 여자가 내게 인사를 한다
재훈이 어머님 아니세요?
주위를 둘러보면 아무도 없고
2인용 자전거가 넘어져 있다

그러니까 지금 꾸는 이 꿈은 삶과 무관하다

무관하지 않다

안과 밖이 통로처럼 뒤엉켜 있다

낱말 케이크

나는 지구에 잘못 배달되었다

팔과 다리가 조금씩 어긋난 감정을 입고
요즘 사람 행세를 했다

어울려 웃고 떠든 밤에는
집에 돌아와
불 꺼진 방에 한참을 앉아 있었다

아직 뜯어보지 않은 선물처럼
낱말 맞히기를 풀었다

세로줄을 다 풀지 못했는데
창밖으로 가로줄이 배달되었다

그러나 나에겐 아직 풀지 않은 아침이 더 많았다

그 어색함이 아득해
냉장고 속 케이크를 푹푹 떠먹었다

얼굴 속에서 한참을 앉아 있었는데

배 속에서 잃어버린
퍼즐 조각이
발견되었다는 기사가 보도되었다

귀를 접어 귓속에 넣었다
비로소 사람처럼
문밖으로 걸어 나갈 수 있었다

토토 메리 찰스 다다

주인을 놓쳐버린 개는 담벼락을 따라가

토토, 메리, 찰스, 다다
마음에 든다면 모두 너에게 줄게

이제 네 개의 이름을 가진 개는
구부러진 여름을 뛰어가

다 쓴 비누처럼 납작해져서 개의
얼굴을 문지르면

개는 조금씩 지워져가
너는 얼룩으로 만들어진 개였구나!

불안이 찬물을 빠르게 데우는 동안
뜨겁게 달궈진 돌을 삼켜

새까맣게 타버린 내면을 핥고 있는
토토 메리 찰스 다다

도로 위에 어둠을 엎지르고 달아나는
토토 메리 찰스 다다

자기 자신이 미치도록 뜨거운
토토 메리 찰스 다다

거의 다 녹아내린 꼬리와 아스팔트

집 앞에는 개를 잃어버렸다는 전단지가 차곡차곡 붙어
있다

III

론리 푸드

식초에 절인 고추
한 입 크기로 뱉어낸 사과
그림자를 매단 나뭇가지
외투에 묻은 사소함

고개를 돌리면
한낮의 외로움이 순서를 기다리며 서 있다

나는 이미 배가 부르니까
천천히 먹기로 한다

밤이 되면 내가 먹은 것들이 쏟아져
이상한 조합을 만들어낸다

식초 안에 벗어놓은 얼굴
입가에 묻은 흰 날개 자국

부스러기로 돌아다니는
무구함과 소보로

무구함과
소보로

나는 식탁에 앉아 혼자라는 습관을 겪는다
의자를 옮기며 제자리를 잃는다

여기가 어디인지 대답할 수 없다
나는 가끔 미래에 있다

놀라지 않기 위해
할 말을 꼭꼭 씹어 먹기로 한다

오늘을 여름이라 부를 수 있을까

오늘은 12월이지만
아주 따뜻했다
오리털 파카를 입은 사람들이 땀을 흘렸다

햇빛이 창문을 달구자
방 온도가 몇십 배로 빠르게 상승했다
사람들은 외투를 벗으며
12월을 의심하기 시작했다

겨울 안에 여름이 섞여 있다면
오늘을 여름이라 부를 수 있을까

이 가설에 기상학자들은 동조했지만
곧 이런 물음이 뒤따랐다
하얀 까마귀가 태어났다고 해서
백조라고 할 수 있는가?

겨울과 백조의 연관성이
어디서 비롯되었는지 알 수 없지만

유순한 사람들은 고개를 끄덕거렸다

곧 오늘이 여름이라는 사람들과
오늘이 여전히 겨울이라는
사람들로
나뉘기 시작했다

머리를 맞대고
고민하는 사람들의 머리 위로는
에어컨이 찬바람을 내뿜고 있었다

그러니까 오로지 에어컨만이
겨울을 지키려고 노력하고 있던 것이다

티브이의 뉴스 진행자가
기상 캐스터와 연결을 시도했다
내일은 어떻습니까?

연결은 조금씩 지연되었으므로

사람들은 내일 날씨를 결정하지 못했다

겨울 안에서 여름을 즐기려는 이들이
반소매 차림으로 거리를 활보했고
겨울을 잊지 못하는 이들이
털모자로 다시금 겨울을 증명하려 했다

저명한 언어학자는 이 현상을
윈터아웃*이라고 명명하려 했으나
미래는 다 그린 그림에
점 한 방울을 떨어뜨리는 방식으로 나빠졌다

* 겨울 속에 여름이 끼어들어 겨울을 소멸시키고 여름을 확장하려는
시도.

돼지로 카드 쓰는 법

종이 위에 돼지를 올려놓으세요

일요일입니다, 아직 겨울입니다 같은 문장은
돼지에게 좋은 먹이가 됩니다

돼지를 깨우기 위해선 맛있게 인사를 해야 합니다
안녕을 음미할 수 있게
주변의 관계들은 지우세요

이제 돼지가 발을 빼지 않도록
내용물을 찐득하게 만들 차례입니다
다디단 단어들의 향연

제발, 진짜, 너무 같은 부사들은 돼지에게
달라붙어 불에 탄 향기를 냅니다

너에게 좋은 냄새가 날 거야
진흙을 고루 바른 돼지가 종이에
온몸을 문지릅니다

이런! 돼지가 지나간 자리마다
해서는 안 될 말들이 씌어져 있군요

당신이 카드를 열면
광기로 물든 돼지 한 마리가 뛰어다니고
깜짝 놀란 입꼬리는 내려오질 않고

자, 돼지를 사로잡는 법에 성공했습니까?

의심이 많은 생각은
반으로 접히지 않습니다

자동 조정 장치

늘 눕던 자세인데 불편하다
옆구리에서 버튼 하나를 발견했다
툭 튀어나온 빨간 점처럼 생긴 그것을 눌렀다

뒤로 감기

흘러내리는 땀이 도로 말라붙는 여름
아이는 회전하는 선풍기를 따라다닌다
선풍기에 바짝 달라붙어 과거를 부르면
과거는 떼어내기 좋게 과아아아거어어로 분절된다

앞으로 감기

머리가 드문드문 하얀 노인이 택시를 탄다
택시는 운전사가 없는 대신 목적지만 입력하면
가장 빠른 길로 미래에 도착한다
원한다면 누군가 대신 살아주기도 하는 시대다

정지

빨간 점을 길게 누른다
정지한 시간 속에서 아는 목소리가 들려온다

"어떤 노래도 드라마도
 김행숙도 예전 같지 않습니다
 이러다 모든 감각이 말라붙을 것 같아요"

재생

온통 하얀 벽면이 수상한 건물로 들어간다
이 하얀 건물의 주인은 나다
건물의 내부를 이야기로 채우던
나는 마침내 흥미를 잃는다

 배꼽과 같은 위치에 자동 조정 장치를 설치하고 사라
진다

 눈을 뜨면 내일입니다

심지어 눈을 뜨지 않아도: 건너뛰기

오늘이 어제 같습니다
내일도 다르지 않을 겁니다: 구간 반복

저녁은 누군가 눌러놓은 아침의 연속: 일시 정지

반 박자 느리게 켜지고 꺼지는 형광등처럼
시간은 자주 나를 놓친다
한 시간이 5분처럼 느껴지는 것이 그 증거다

먼 곳이 가깝게 일그러진다
프랑스에 가면 안팎이 뒤집힌 건물이 있다*

* 파리의 3대 미술관 중 하나인 퐁피두센터.

코가 하나 눈이 두 개

죽은 내가 나를 만나러 왔다 나와 닮은 점이라고는 코가 하나, 눈이 두 개뿐인 나에게 무슨 일로 왔냐고 묻는다 나는 태어나고 싶지 않다 그럼 코가 하나, 한숨을 두 번 쉬는 일 따위는 일어나지 않는다 태어난다는 것은 아주 뜨거운 물에 발을 집어넣는 일이다 댐이 무너지고 눈썹 밖으로 흘러넘친 표정이 얼굴을 집어삼킨다 나는 무릎을 접으며 생년월일에 도착한다 젊은 아빠가 갓 태어난 나의 이마에 손을 가져다 댄다 오오…… 코가 하나, 눈이 두 개…… 잠든 아이의 두 발을 간지럽힌다 그럼 먼 미래의 내가 발바닥을 긁는다 코가 하나…… 눈이 두 개……인 나는 유리창에 입김을 불어 동그라미를 그린다 왼쪽과 오른쪽을 이어 붙인다 코가 하나, 웃음이 두 개…… 코가 하나, 여름이 두 개…… 아이가 웃는다 바람이 분다 나무가 흔들린다 창문에 그린 무한대가 일어나 입김 밖으로 걸어 나간다

일요일

기억력이 뛰어난, 어쩌면 다정한
일요일이 나눠 주는 물티슈를 받았다

'일요일은 여러분을 기다립니다 일요일은 부드러움을
창조하시고'

교회에서 나눠 준 물티슈로 닦으며
일요일을 입술이라 발음했다
일요일이 다른 사람의 믿음에 있는 것 같았다

오늘이 무슨 요일이었더라?
지루하고 지루한 하루를 한 장 찢어
물에 담그자 뜨고 싶어지는 마음

흡수력이 뛰어난, 어젯밤 꿈을 닦은
일요일은 십자가가 꾸는 잠 속에 사로잡혔다

일요일이 하나씩 지워지고 있다
일요일은 웃음

일요일은 걸음

일요일은 다음

일요일은 녹음

나는 잠수 중인 일요일을

물속에서 건졌으나 웬일인지 마르지 않았다

일요일이 젖었다는 편지를 썼다

그러니 서랍 속에서 발견한다면 뽑아 써도 무방하다

입을 쓱 닦자 사라진

일요일

탕탕 튕기자 휙 튀어 오르는

공은 방향 없는 곳으로 굴러갑니다
넌 앞뒤를 모르는구나
버릇이 없다는 얘기는 아닐 겁니다
가슴을 찾아 몸을 더듬습니다
공이 불룩해진 배 안에 들어와 있습니다

나는 배를 쓰다듬으며
엄마라는 이상한 기분에 휩싸입니다
벌컥벌컥 물을 마시느라 두 발이 녹는 줄 모릅니다
목소리가 걸어 나가려고 팽팽해집니다
툭 끊어지듯
공이 입 밖으로 튀어나옵니다

주먹만 한 공을 들고 할머니에게 갑니다
이것 보세요, 제가 낳은 공이에요
그래, 네가 꾸는 꿈이로구나

공은 밤의 부스러기를 쪼아 먹는 비둘기를 지납니다
콜록, 튀어나온 오토바이를 지납니다

유리로 만든 슬픔 공장을 지납니다

저기, 흙장난하는 아이에게 굴러가서
텅 빈 미래를 보여줍니다
넌 혼자구나
신발을 거꾸로 신었구나
아이의 발에 묻은 흙을 털어주는 동안

옆구리가 닳아버린 공을 아이가 만지작거리고 있습니다
그게 얼마나 아픈 건지 모르고
두 손으로 주고받고 있습니다

탕탕 튕기면 휙 튀어 오르는 공은
아이의 손에서 부풀어 오릅니다
높이를 만져보려고 공을 안고 떠오릅니다

위로, 아래로, 더 **위로**
공에게 방향이 태어납니다
너무 눈부신 경험이어서 눈을 감습니다

눈꺼풀을 뒤덮는 따뜻함
잠이 쏟아진다는 얘기는 아닐 겁니다

누군가 내 어깨를 두드립니다
일어나,
하지만 나는 꿈 밖에 있는걸요
등이 한없이 둥글어집니다
이마가 월요일에 닿습니다

탕탕 튕기면 휙 튀어 오르는 아이는

피망

팬찮아? 너는 비스듬히 물어봤다
나는 피망,이라고 했다
음, 그러니까 피망은 피망이라고 했다
너는 담배를 피우고 싶다고 했다
나는 피망이 먹고 싶을 뿐이었다
우리는 함께 피망을 사러 갈 수도 있었다
한밤중에 야채 가게는 문을 닫았고
우리는 야한 짓을 하러 갈 수도 있었다

피망은 왜 아직 무뚝뚝할까
내가 여자고 네가 처음인 것처럼
너는 겨울이고 나는 서툰 것처럼
우리는 이제 그만 다른 것이 되고 싶었다
내가 피, 하고 발음하면 너는 망,
눈,이라고 발음하면 썹,이라고 대답했다
눈물이 되진 않았다
우리는 흘러내리지 않으려고 서로의 어깨를 부둥켜안
았다

아무도 피망을 먹지 않는다면
냉장고 속 피망은 새까맣게 썩을 거야
우리는 피망의 입장에서 미래를 걱정했지만
설령 지금 우리 앞에 검은 피망이 있다고 해도
뭐가 달라질까?

달라지는 것이 없다는 게 우리를 더 아프게 할 테니
우리는 달라지지 않기로 했다
내일이 오면 피망 같은 건 주머니 속에 넣고
각자의 길로 미끄러질 테니
후회를 문질러 씩씩해지는 방식으로 우리는 길어졌다
짧아졌다

미안하다는 말 대신 피망
헤어지자는 말 대신 피망
횡단보도에 파란불이 들어오면 너는 건너갔다
나는 힝힝 말이 우는 소리를 흉내 내며
신호등이 바뀌는 모습을 지켜봤다
신호등의 심장이 사라지고 있었다

피망이 피망인 채로 서 있는 동안
냉장고 속 차가움이 우리 사이를 가로질러갔다

기분의 도서관

빌린 적 없는 책이 가방 속에 들어 있다
노인을 바다에 돌려보내는 심정으로 도서관에 간다

페이지를 넘기면 어깨에 변덕을 두른 애인이 있다
곳곳에는 무표정한 날씨가 있다

어제는 슬픈 기분을 냉장고에 넣어두었다
오늘은 화난 기분을 생선 살처럼 발라 먹는다

바깥에게 안을 들켜버리고 싶은 창문의 기분
스스로 열리고 싶은 자물쇠의 기분
흘러내리고 싶은 콜라의 기분

정숙이라는 단어를 보면 요란을
집어삼킨 정숙이의 기분이 궁금해지고

조용함이 햇빛을 깨워 그림자를 만든다
높게 쌓아 올린 모서리들이 와르르 무너진다
나는 바닥에 흩어진 열대어를 줍는다

계단은 다음 칸을 잃어버리기에 알맞은 구조
빌린 적 없는 바다를 반납하며
물기 없는 지느러미를 주머니 속에 넣어본다

그건 나 자신을 잔뜩 움켜쥐고 있는 손바닥의 기분
빈 가방을 견디고 있는 어깨의 기분
한없이 구부러지는 철봉의 기분

하루 중 가장 얇은 페이지가 찢어진다

그럴 겁니다

오래 걷기 위해서는 말을 아껴야 합니다

휴일 한 모금을 천천히 삼키며
이 길고 긴 뜨거움을 지나가야 합니다

머릿속이 간지러워도 긁지 않는다면
좋은 은유가 떠오를 것입니다

플라스틱 컵 하나를 머리 위에 올려놓습니다
꼭 이만큼의 사소함이 나를 짓누르고

밤공기를 쐬고 싶지만 아무래도 참는 것이 낫겠지요
날씨를 알고 싶지만
티브이는 켜지 않는 편이 좋을 겁니다

아무것도 하고 있지 않으면
너는 참 좋겠다,라는 말을 듣습니다

나는 멀리뛰기를 연습하는 중입니다

시간 속을 걷다 보면 언젠가 밟아본 적 있는 것 같아
자꾸 멈춰 서게 됩니다

당신은 얼마만큼 왔나요?

미래는 잘 닦인 유리창으로 존재합니다
부딪쳐서 멍든 곳이 사라지지 않습니다
나는 내 미래에 잔뜩 손자국을 남겼습니다

회전문

할 말을 삼켰습니다 어떻게 해야 할까요?
소화제를 처방하던 의사가 말했다
몸을 따뜻하게 하십시오

내가 입은 치마가 짧다는 얘기가 아닐 텐데
나는 자꾸 치마를 끌어내렸다

버스를 갈아타고 정형외과에 갔다
선생님 저 좀 바로잡아주세요
삐뚤어진 건 척추가 아닐지도 모르지만

어젠 식당에서 무얼 먹을까 고민하다가
고민을 먹어버렸습니다
심리치료사는 지나치게 은유적이라는 표현을 썼다

모르는 응급실에 도착해 눈을 뜨면
간이침대에는
마음을 탈출한 사람들과
마음을 사탕처럼 씹어 삼킨 사람들

코트로 가려도 마음에 난 구멍이 사라지지 않아
두 눈을 세게 비볐다
이건 안과에서도 치료하지 못하는 증상입니다
뿔테 안경을 주며 의사가 말했다

회전문 안에는 어른인 나와 아이인 내가
조금 다른 속도로 동시에 걷고 있었다
둘 중 누가 먼저 문을 빠져나갈지
결정하지 못한 나는 정지 버튼을 눌러야 했다

약간 기울어진 채 병원을 빠져나왔다

테이크아웃 잔을 들고
넘어진 사람을 본
사물들의 대화

저 사람을 덮어야겠어
코트가 말했다

저 사람을 담아야겠어
종이컵이 말했다

저 사람을 일으켜야겠어
그림자가 말했다

그는 쏟아졌다
구름의 속임수였다

그를 내버려두는 게 좋겠어
의자가 말했다

더 흘러내리기 전에

사람들이
몰려들었다

누군가 그를 들어 옮기기 시작했다

검정 비닐

오른손과 왼손 사이에 수많은 햇빛이 끼어든다 달아나
는 그림자의 손을 잡으려면 햇빛보다 빠르게 걸어야 한다

사과는 사과 그림자와 함께 맛있어진다 비둘기는 눈
앞에 그림자를 꼭꼭 찌른다 아이는 축구공처럼 그림자를
걷어차버릴 수 있다 나는 그림자를 비닐봉지에 구겨 넣
는다

검정 비닐 안에서 그림자는 구름이 된다 기린이 된다
안경이 된다 풍선이 된다 아무도 없는 복도가 된다 무수
히 변신하는 그림자를 흉내 내느라 나는 팔다리가 길어
진다 눈웃음이 많아진다

거짓말을 꺼내려고 검정 비닐을 풀어 헤친다 모자는
새가 될 수 있다 모자가 되려던 그림자가 날아오른다 나
는 검정 비닐로 된 모자를 쓴다 그림자가 머리카락으로
흘러내린다

발밑에 빗물처럼 그림자가 고여 있다 고양이 한 마리

가 뛰어든다 그림자는 사방으로 튀어 오른다 상한 우유
처럼 흐르는 저녁 검정 비닐을 뒤집어쓴 고양이가 어둠
속으로 사라진다 나는 주머니가 다 젖은 채 집으로 돌아
간다 반쯤 찢어진 그림자가 따라오고 있다

도로 주행

*

강사가 말한다

오른발을 브레이크 위에
올려놓고 뒤꿈치를 떼지 말아야 합니다
하지만 나는 자주 그렇게 했다

그럼 브레이크를 밟아야 할 순간에
액셀을 밟게 됩니다
나는 몇 번이나 그렇게 했다

멈춰야 할 때 멈출 줄 아는 사람이 되어야지

하지만 나는 검은 줄, 흰 줄
앞에서
슬픈 줄, 기쁜 줄
가장 중요한 것을 지나친 줄
도 모르고 지나갔다

*

옆 차선을 침범하지 않으려면
먼 곳을 봐야 합니다
나는 가까운 곳도 잘 보이지 않았다

차가 오른쪽으로 치우쳤다

좌측,
좌측,
좌측!

나는 좌회전을 했다

직업적 특수성이 발현된 것이다

현실과 상상의 경계를 넘나들며
새로운 전개를 추구하는

*

신호에 걸렸다
다음 신호가 들어올 때까지
움직이지 않을 수 있다

제자리…… 제자리로 돌아오는 일이
가장 어려우니까

뒤차가 경적을 울린다

여기서 뭐 하냐고,
무슨 일이라도 있냐고,

선택은 어렵지만 당장 해야 할 때가 있다

멈출 것인가
움직일 것인가

나는 정지된 운전을 했다

존재 핥기

달콤함이 입안에 남아 있습니다

가끔 다르게 불러주는 일이 필요합니다
망고, 알맹이, 씨앗,

문 뒤에 걸어두고 깜빡한 나를 찾느라 계절이 지워집
니다

여름은 핑크 스푼 위에
나를 얹고 녹아내리는 중입니다

손바닥에 지울 수 없는 얼룩이 생겨납니다
나에겐 더 이상 갈아입을 몸이 없습니다

잘 익은 토마토가 껍질을 뚫고 흘러나옵니다

이목구비가 거울에 남아 있는 동안
바구니에 얼굴을 하나씩 주워 담습니다

오래전에 닳아버린 혓바닥이 아직 나에게 머무릅니다
창문에 써놓은 날씨가 흐려집니다

나는 조금씩 손상되어갑니다
매일 아침 눈을 뜹니다

의자의 다리를 가져와 어깨에 조립합니다
삐걱거리는 안정이 나를 다룹니다
책상이 조금 기울어집니다

손에 발을 넣고 몸을 입어버렸습니다
수박을 자르자 넘쳐흐릅니다

수많은 존재가
뜻밖으로 튀어 오르는 맛

자, 이제 핥아 먹을 시간입니다

구성원

집을 기울이자 아빠가 방문을 열고 나온다
아빠는 입속에서 긴 혓바닥을 꺼낸다
대화는 자를 수 없게 구부러진다

구멍 난 접시와 푸른 토마토
모두 옆집에서 가져온 것이다
불평 없이 숟가락을 든다

깨진 컵으로 엄마를 바라보면
엄마 얼굴에 금이 간다
컵을 치워도 사라지지 않는다

긴밀하게 부서지는 관계, 코끼리, 관계

아빠가 채널을 돌리며 뉴스를 본다
손톱깎이가 졸면서 아빠를 자른다
변기가 볼일을 보고 아빠를 내린다

우리는 어딘가 조금씩 흠집이 난 채로

식탁에 둘러앉아 물을 마신다
이 중 누군가의 미래는 가라앉아 떠오르지 않게 된다

토마토가 뭉크러지게 썩어간다
오빠가 방에 틀어박혀 자라지 않는다
크고 두툼한 손바닥을 얼굴에 대어본다
오빠가 아직 오빠인지

손잡이를 놓친 컵이 방문 앞에 있다
잠이 덜 깬 내가 밟고 지나간다

긴밀하게 부서지는 코끼리, 관계, 코끼리

콩나물

"다 괜찮다"

주방에서 흘러나오는 목소리는
분명 엄마의 것인데
콩나물이 엄마 흉내를 내고 있다

엄마는 덜 자란 머리를 똑똑 떼어낸다
그럼 나는 두 다리가 쭉쭉 늘어나
그림자의 바깥을 걸을 수 있다

걷다 보면 집에 돌아갈 수 없게 된다
괜찮지 않은 일들의 연속
비,
비,
가뭄, 비

집에 남겨진 사람과
집을 떠난 사람에게
다른 질감의 생활이 주어진다

나는 엄마를 오리고 그려 넣으며 어른이 된다

엄마 없는 집에 돌아와
오래된 엄마의 겨울 코트를 입어본다

나는 그대로인데 코트가 조금 작아졌다
엄마가 조금 작아졌다

식물에 가까운 책

나는 책으로 된 사람이었다
귓속이 글자들로 젖어 있는

활짝 펴지는 순간 오랫동안 준비해온 인사를 내밀었다

안녕, 한참을 넘겨도 안녕,
51페이지에 걸쳐 안녕, 끊길 듯이 안녕
수많은 안녕이 딸려 나왔다

본론이 뭔데?

온몸을 뒤져도 할 말을 찾을 수 없었다
나는 인사말만 적힌 책이었다

무슨 말이라도 해야 할 것 같아
서점 주인의 손을 빌려왔지만
머릿속이 하얘졌다
마음은 어떤 식으로 쓰는 거였더라?

꽃.

나는 끝을 꽃으로 잘못 썼다
신기했다
식물에 가까운 책이라는 게
끝이 없는 이야기라는 게

나는 열린 채로 창가에 놓였다
누군가 쏟은 물에 잘 자랐다
젖어 있는 얼굴을 그늘에 말렸다

범람

장은정
(문학평론가)

블록들

시를 읽는 동안 우리에게는 무슨 일이 벌어지는 것일까? 한 문장으로 압축되어 있는 질문과 다르게 이에 답하는 일은 그리 간단치 않아 보인다. 오랜 시간 시를 읽는 일이 상자나 호주머니 속에 손을 넣어 이미 들어 있는 것을 꺼내기만 하면 되는 일로 오인되어왔던 것을 생각하면 더욱 그렇다. 굳이 시라는 장르를 비밀을 감싸는 어떠한 겹으로 이해해야만 한다면, 그리하여 움푹 파인 내부에 무언가 감춰진 것을 발견하기 위한 장르로 간주하고자 한다면, 이는 차라리 손을 집어넣을 때마다 다른 것이 쥐어지는 상자, 움켜쥐기도 전에 모래처럼 이내 흘러내리고 마는 터져버린 호주머니, 들여다볼 때마다 다른 것을 비추는 거울에 가까울 것이다. 만일 그것이 전부라면 거의 무의미에 수렴할 정도의 극단적 상대주의에 시 읽기를 통째로 넘겨버리는 것이 아니냐고, 그렇다면 시를 읽는 것이 무슨 소용이냐고 반문하는 이가 있을지도 모르겠다.

그러나 바꿔 생각할 수는 없을까? 시를 읽을 때마다 다른 것이 도드라지게 보이고 만져진다는 사실은 시적 진리의 상대성을 증명하는 것이 아니라 누가 언제 어디서 읽느냐에 따라 각기 다른 진실 모두를 건져 올릴 수 있다는 뜻이 아닐까? 이때의 시적 진실이란 각자의 특수성 속에서 우리가 읽고/살고 있는 시간 속에 미처 알아채지 못한 무언가를 사유할 수 있게 해주는 매개일 것이다. 이렇게 생각하고 보면 그동안 '첫 시집'에 걸려 있었던 수많은 비평적 기대와 호명은 시 자체보다는 호명하는 자가 당시의 진실을 표현한다고 보아야 할 것인데, 읽어낸 것이 읽는 자와 시, 그 당시의 시간이 복합적으로 작용하는 관계의 산물이 아니라 오롯이 시만의 진실로 여겨져왔다는 점은 문제적이다. 그렇다면 이제 '첫 시집'을 어떻게 읽어야 할 것인가? 시에 무엇이 들어 있는지를 '해독'하는 방식으로서의 비평이 아니라 떨어뜨린 한 방울의 물감이 물속을 파고들며 퍼져나가는 것처럼, 읽는 동안 떠오른 것이 또 다른 무언가를 불

러들이고, 그렇게 떠오른 것이 다시 무언가를 불러내고
'풀어내는' 방식으로 읽을 수는 없을까?

임지은의 첫 시집 『무구함과 소보로』에는 수많은 명
사가 등장한다. 사물들이 각자의 공간을 점유하고 있는
것처럼 시에 등장하는 각 단어들 역시 사물처럼 자신들
의 윤곽을 명확히 가지고 있다는 뜻이다. 가령 시집 제
목에서 '무구하다'라는 형용사가 명사 구실을 할 수 있
도록 '무구함'으로 바꿔 쓴 후 '소보로'라는 단어와 나
란히 배치하자 '무구함' 역시 사물처럼 자신만의 공간
성을 부여받게 되지 않는가. 마치 책상 위에 올려두거
나 가방 안에 넣을 수 있을 것만 같다. 만일 우리가 시
에 이미 고정된 시적 진리가 전제되어 있고 그것을 발
견하기만 하면 된다고 가정한 후 시어들의 의미를 정확
하게 해독하려 한다면 명사형 시어들은 저마다의 다른
수수께끼처럼 여겨질 확률이 높다. 이 시집을 풍부하게
구성하고 있는 여러 명사가 각자의 의미망에 갇힌 채
낱낱이 흩어지기 쉽다는 말이다. 그렇다면 어떻게 읽어
야 할까?

필통에 코끼리를 넣고 다녔다
지퍼를 열었는데 코끼리가 보이지 않았다
거짓말이었다
오렌지였다

나는 덜 익은 오렌지를 밟고

노랗게 터져버렸다

가끔은 푸른 안개가 묻어 있어도 좋았다

이제 나는 오렌지가 어떤 세계의 날씨인지

알아내는 일에 빠졌다

박스째 진열된 과일 가게에 갔다

기다린다는 건 잘 익은 바나나

지갑을 열고 거짓말을 꺼냈다

딸기였다

손바닥 위에 씨앗 코끼리

공기 중으로 흩어지고 있는 분홍의 과즙

딸기 속에는 아주 작은 물고기가

헤엄치고 있었다

나는 이제 거짓말이

어떤 세계의 바다인지 알아내는 일에 빠졌다

오렌지 속에 코끼리를 넣고 나왔다

─「과일들」 전문

코끼리, 오렌지, 바나나, 딸기, 물고기…… 시에 차례로 등장하는 동물과 과일 들에 우선 어리둥절해질지도 모르겠다. 얼핏 보기에는 이 시적 대상들이 과일 가게 가판대에 따로따로 진열된 것처럼 보일지 모르겠으나, 각자의 방식으로 완결된 채 긴밀히 연관되어 어떠한 영향을 주고받는다는 섬에 주의하자. 가령 필통과 코끼리는 별개의 대상이지만 "필통에 코끼리를 넣고 다녔다/지퍼를 열었는데 코끼리가 보이지 않았다"라는 진술은 필통과 코끼리를 내부/외부의 구조에 의해 관계 맺도록 만들며, "거짓말이었다/오렌지였다"라는 진술로 이어지자 그 구조가 무화되는 지점에서 "오렌지"가 새로이 등장하도록 작동한다. 마치 도미노처럼 각각의 블록이 따로 서 있으나 시 속에서는 각 행과 연이 하나의 도미노가 다음의 도미노에 긴밀히 영향을 행사하듯 맞물려 있다는 뜻이다. 그 때문에 '거짓말'이라는 시어조차 과일이나 동물의 이름처럼 블록의 완결성을 가진 채로 구조에 참여하게 된다.

그런데 그런 식으로 서로에게 작용하며 일으키는 사건들 중 하나가 "나는 덜 익은 오렌지를 밟고/노랗게 터져버렸다"이거나 "이제 나는 오렌지가 어떤 세계의 날씨인지/알아내는 일에 빠졌다"라는 점은 흥미롭다. 톱니바퀴처럼 맞물리되, 그 맞물리는 일들 중 하나가 "터져버"리는 일, 지퍼를 열었는데 당연히 있을 줄 알

왔던 코끼리가 사라지는 일, 혹은 이 모든 진술이 어쩌면 거짓말일 수도 있는 일, 무언가 알지 못하거나 예측하기 어려운 사건들, 그리하여 모르는 것을 알고자 하는 마음이 이 연쇄적인 사건들의 중요한 요소를 이루고 있기 때문이다. 이럴 때 명확하고 분명하게 존재하는 것처럼 보였던 명사형의 시적 대상들은 그 명확성 때문에 오히려 더욱 모호한 대상으로 변한다. 우리가 알고 있는 그 코끼리이자 오렌지, 바나나와 딸기, 물고기가 맞을까? 이는 바둑을 놓던 와중 사라져버리는 바둑돌의 이야기, 드디어 퀸을 잡을 모든 준비가 되었을 때 엉뚱한 곳으로 이동해버린 체스 말의 사건에 가깝지 않은가.

떨어져 나온 것

어째서 이런 일이 벌어지는 것일까? 임지은 시의 주요한 특징 중 하나인 명사형의 시적 대상들이 맞물린 그 구조가 대상들을 하나씩 사라져버리게 만드는 원리라고 할 때, 이 원리는 읽고 쓰는 이들의 삶과 어떤 연관이 있을까? 차곡차곡 이야기를 쌓아나가는 도중 "거짓말이었다"(「과일들」) 말하는 순간, 쌓인 이야기들이 단숨에 의문의 대상으로 바뀌는 일이 다른 시편들에서도 반복되고 있을 때, 이를 어떻게 이해하면 될까? 가령 '시인의 말'을 떠올려보자. "미안합니다, 그런 말은 깨진 컵 같았다/싫은데요, 인상 쓴 말은 접시처럼 평평했다/힘내세요, 뾰루지 같은 말은 누르면 아팠다/잘될 겁니다,/뻔한 말을 종이컵처럼 구겼다". 일상에서 자주 사용되는 "미안합니다"와 "싫은데요""힘내세요""잘될 겁니다"는 각각 컵과 접시, 뾰루지와 종이컵과 일대일로 대응하도록 비유되어 있어서 마치 사물처럼 쥐거나 만지거나 움직일 수 있을 것만 같다.

중요한 것은 이 사물들이 '깨진' 컵과 '평평한' 접시, '아픈' 뾰루지, '구겨진' 종이컵이라는 점이다. 마지막 문장은 결정적이다. "아마 우리가 접시란 걸 닦고 있었다면/가장 소중한 걸 깨뜨렸을 것이다". 즉 임지은 시를 이루는 명사형의 시적 대상들은 각자의 공간성을 점유하고 있는 완결된 존재이지만 그럼에도 '깨질 수 있는 것' 혹은 우리가 '깨뜨리고 말 것'을 암시한다고 하겠다. 그렇다면 접시가 깨어졌을 때, 그 깨어진 조각은 어디로 가는 것일까? 그 조각도 또 다른 명사형의 시적 대상으로서 이 시집 곳곳에 흩어져 있다. 시집 제목이 포함되어 있는 「론리 푸드」에서는 "부스러기로 돌아다니는/무구함과 소보로"라는 표현이 등장한다. "무구함과 소보로"는 덩어리(전체)로부터 떨어져 나온 부스러기(부분)인 셈인데, 이에 주목하여 다른 시들을 살펴

보면 "보풀처럼 나를 똑똑 떼어낸다"(「벤딩 엄마」)라거나 "함부로, 쉽게, 간단하게/지워버려도 의미가 변하지 않는다는 이유로 부사를 사랑합니다"(「간단합니다」) 등 전체로부터 떨어져 나온 부스러기로서의 완결된 '부분'이 중요한 시적 대상들임을 추측할 수 있다.

이러한 추측을 기반으로 「과일들」을 다시 읽는다면 시에 등장하는 오렌지, 바나나, 딸기 등은 나무에서 떨어져 나온 열매들이며 코끼리, 물고기 역시 그 자체로 무언가를 상징하는 것이 아니라 필통과 지갑 속에 들어 있었음에도 꺼내려 하자 문득 사라져버린 관계 속에서 존재하는 대상이라고 이해하는 것이 적합할 것이다. 그러니 이 명사형의 시적 대상들은 과거라고 할 수 있는 각자의 사적인 역사를 가지고 있는 셈이다. 떨어져 나오거나 떼어지거나 뱉거나 깨지기 전의 시간과 그 덩어리로부터 분리된 현재는 명백히 구분되어 있다. 어쩌면 우리가 읽어내야 할 것은 명백히 드러나 있어 쉽게 만지고 읽을 수 있는 시적 대상들의 선명한 윤곽들이 사실은 무언가로부터 거칠게 찢겨져 나왔던 과거 사건의 흔적이라는 사실을 이해하는 일이 아닐까?

먼지를 뒤집어쓴 개는
손바닥만 한 햇빛을 베고 잠이 든다
나는 숫자가 다 떨어진 시계를 쳐다본다

언제 발끝에 오후가 물들었는지 지워지지 않는다
비누처럼 미끄러운 것이 필요하다

한 시야, 세 시야, 얼어붙은 일곱 시야
아무리 불러도 시계는 움직이지 않고
섬둥개만이 일어나 눈앞에 놓인 오후를 삼켜버린다
오후는 머리부터 발끝까지 털이 나 있다
으르렁 소리를 낸다
순식간에 문밖으로 달아난다

개를 기다리는 마음으로 오후를 보낸다
1년이 넘도록 개는 돌아오지 않고
낮은 문턱이 있는 방바닥을 쓸어본다
읽을 수 없는 숫자처럼 생긴 털들이 잔뜩 묻어난다

털을 뭉쳐 조금 늦은 1시를 만든다
신발이 벗겨진 3시를 만든다
옆면이 구겨진 7시를 만든다
처음 보는 시간들로 시계를 가득 채운다
오후가 조금 다른 속도로 흐르기 시작한다

그늘을 머리끝까지 덮고 잠이 든다
꿈속으로 검둥개가 찾아온다

개는 꼬리를 흔든다

뜨거운 오줌을 싼다

발끝이 하얗게 물들어서 지워지지 않는다

죽음처럼 축축한 것을 입에 물고 있다

—「개와 오후」 부분

인용되지 않은 시의 초반부는 산책이 필요한 개가 인형을 물고 뜯는 장면으로부터 시작된다. 그러나 화자는 산책 대신 "시계에서 꺼낸 숫자를 개에게 던져준다". "그러자 1시이면서 3시인/게으르면서 7시인 개가 다가와" 화자의 얼굴을 핥고, 여기서부터 시의 시간은 시계의 시간과는 조금 다르게 흐르기 시작한다. 이제는 개가 시계가 되었기에 화자는 개를 이렇게 부른다. "한 시야, 세 시야, 얼어붙은 일곱 시야". 그때 깨어난 검둥개가 "눈앞에 놓인 오후를 삼켜버"린 후, 순식간에 문밖으로 달아난 뒤 1년이 넘도록 돌아오지 않는다. 방에 남은 것은 검둥개로부터 떨어져 나온 털들이다. 화자는 이 털들을 뭉쳐 "조금 늦은 1시"와 "신발이 벗겨진 3시" "옆면이 구겨진 7시를 만든다". 이렇게 다르게 만든 시간들이 시계 속에서 흐르기 시작하자 무슨 일이 벌어지는가. 문밖으로 달아난 검둥개가 돌아온다. 어디로? 꿈속으로.

이 시는 『무구함과 소보로』가 갖는 독특한 특수성을

서사의 방식으로 내밀하게 구조화한 시편이라고 할 법하다. 하나로 덩어리져 있던 세계가 어떠한 사건에 의해 두 세계로 갈라지는 순간을 생생하게 포착하고 있기 때문이다. 시계의 숫자들 속에서 과거에서 미래로 일정히 흐르는 크로노스의 시간이 하나의 세계라면, "그늘을 머리끝까지 덮고 잠이"들었을 때 찾아오는 카이로스의 시간이 또 다른 하나의 세계일 것이다. 중요한 것은 하나의 덩어리에 불과하던 한 세계가 어떤 과정을 통해 다른 세계가 되느냐 일 텐데, 문밖으로 달아난 개가 남기고 간 털이 결정적이다. 그러니까 코끼리와 오렌지, 바나나, 딸기와 물고기, 무구함과 소보로, 보풀과 부사들, 즉 떼어지고 뱉고 찢기고 깨어져서 '떨어져 나온 것'이라고 할 수 있을 개의 털을 뭉쳐 1시와 3시, 7시를 만들어 시계를 채우면서 다른 시간이 발생하기 시작했으니 말이다. 그렇다면 이 떨어져 나온 것들은 두 세계 중 어느 쪽에 속할까? 시계 속에서 흐르는 시간 속에 있었던 검둥개의 털이라는 점에서는 현실의 것이지만, 그 털을 뭉쳐 만들어낸 점에서는 꿈의 것이다. '떨어져 나온 것'은 두 세계를 잇는 통로이자 교차점이라 할 법하다.

낱말 읽기

꿈의 세계는 『무구함과 소보로』를 이루는 중요한 요소 중 하나다. 그런데 이때의 꿈이 현실 속에서 실현되기 어려운 욕망을 대리 충족하는 자유로운 상상력의 세계가 아니라는 점을 강조해야겠다. 「개와 오후」는 현실과 꿈을 서술하는 대목에서 거의 흡사한 구절이 등장한다. 현실 편에 놓인 문장이 "언제 발끝에 오후가 물들었는지 지워지지 않는다"라면, 꿈의 세계로 건너간 후에 놓여 있는 문장은 "발끝이 하얗게 물들어서 지워지지 않는다"이다. 어느 쪽이든 도저히 지워지지도 벗겨낼수도 없는 것들이 있고 꿈은 현실을 비추는 거울에 지나지 않는다. 이는 다른 시편들에서 공통적으로 발견된다. 「벤딩 엄마」의 경우, 엄마가 화자를 가위로 자른다거나 보풀처럼 자신을 떼어내는 일 역시 화자의 꿈속에서 벌어지는 일이다. 이때 꿈은 오히려 현실의 한계를 더욱 상세하게 상연하는 무대일 뿐, 그것을 변형하거나 대리 실현하는 공간이 아닌 것이다. 그렇다면 이상하지 않은가? 크게 달라질 것도 없는 꿈의 공간으로 시적 사건이 이동해야 할 이유는 무엇일까?

이렇게 묻고서야 의미심장하게 읽히는 것은 "검둥개만이 일어나 눈앞에 놓인 오후를 삼켜버린다"(「개와 오후」)는 구절이다. 「개와 오후」 바로 다음의 순서로 배치

되어 있는 「개와 수박」에서 역시 유사한 사건이 벌어진다. "접시 위에 심심함을 올려놓고/굴러다니는 모든 것을 수박이라고 불러야지/오후가 사라지는 놀이를 하고 있다"에서 "수박"이라고 부르는 명명 작업과 "오후"라는 일정한 시간 단위가 통째로 사라지는 것이 하나의 규칙처럼 "놀이"로 서술되고 있는 것이다. 즉 명명과 특정한 시간의 사라짐은 항상 긴밀하게 연달아 일어나는 사건일 뿐 아니라 놀이라는 점에서 특별히 의도되는 행위라고 할 수 있다. 이런 구절을 참조할 수 있겠다. "자꾸만 사라지는 것들에게 이름표를 붙인다"(「모르는 것」). 임지은이 명사형의 이름을 붙이는 시적 대상들이 현실에서 "자꾸만 사라지는 것들"이라면, 사실상 이름 붙이기를 통해 오후가 사라지는 것이 아니라 더 이상 이 대상들이 현실에서 존재할 수 있는 시간이 사라지고 있음을 급박하게 새겨둔 표식으로서 이름이 존재한다고 봐야 한다.

궁금함은 나뭇가지처럼 자랐다
가지를 하나 잘라서
물음표를 만들어도 괜찮을 것 같았다

어른 이후에 뭐가 오는지
궁금하지 않으니까

한숨처럼 말할 수도 있으니까
애완동물같이 무럭무럭 질문을 길렀다

왜 나를 뱉었어요?
나와는 다른 것이 될 줄 알았거든
주워 담을 수 없는 말들이 늘어났다

계단은 나를 뛰어넘은 물질이에요?
엄마는 하지 마와 그만해를 섞은 문장이에요?

나를 뚫고 나온 질문들을
하나씩 나무에 걸기 시작했다
머리카락이 몰라보게 가벼워지고
나무가 자랐다, 대답보다 거대하게

나는 두 팔을 벌리고 서 있었다
아무도 다음으로 건너갈 수 없도록
왜 사람이 사람인지 움켜쥘 수 없도록

손끝에 돋아난 질문을 떨어뜨리자
복숭아와 오이와 오렌지가 동시에 열렸다
서로 엉켜 있어 잘라낼 수 없는 대답이었다

햇빛이었다

—「궁금 나무」 전문

이 시에서 명사형의 시적 대상으로 설정된 것은 "나 뭇가지"라고 할 수 있을 것이다. 곧게 뻗은 가지마다 궁 금증이 알알이 들어차 있다. 그런데 정확히 무엇이 궁 금한 것일까? 이 시에서 질문으로 서술된 대목들은 다 음과 같다. "왜 나를 뱉었어요?" "계단은 나를 뛰어넘은 물질이에요?" "엄마는 하지 마와 그만해를 섞은 문장이 에요?" 이 질문들을 나무에 걸기 시작하자 나무가 점점 더 자라나기 시작한다. 그런데 질문들을 유심히 살펴보 자. "왜 나를 뱉었어요?"라는 질문에서 화자는 이 시집 전체에서 되풀이되고 있는 '떨어져 나온' 존재로 드러 난다. 즉 떨어져 나온 것들이란 내부의 어떤 강압에 의 해 외부로 쫓겨난 자, 장소를 박탈당한 존재라고 추측 할 수 있을 것이다. "엄마는 하지 마와 그만해를 섞은 문장이에요?"라는 질문 또한 억압과 금기, 통제가 있었 던 시간이 존재했음을 증명하지 않는가? 그러니 이 시 집을 관통하여 수없이 되풀이되고 있는 이 명사형의 시 적 대상들이란 밀려 나간 것, 잘려 나간 것, 즉 추방당한 것들의 존재라고 보아야 할 것이다.

어째서 떨어져 나와야만 했는지 묻고 또 묻는 동안 나무가 대답보다 더욱 크게 자라게 되자 "아무도 다음으로 건너갈 수 없"게 된다. 즉 이 명사형 시어들의 단단한 윤곽은 사실상 읽는 이들이 과거에 있었던 일들을 쉽게 지나쳐버리지 못하도록 '가로막는' 일이라고 봐야 하지 않을까? 오렌지, 바나나, 딸기, 코끼리, 물고기, 거짓말, 무구함, 소보로, 컵, 접시, 뾰루지, 종이컵, 보풀, 부사, 검둥개의 털에 이르기까지 이 모든 시적 대상은 무언가로부터 강제로 떨어져 나온 기억들을 가지고 있다. 이들의 분명한 윤곽과 완결성은 읽는 자들이 손쉽게 그들을 읽어버린 후 지나가지 못하도록 단단히 가로막고 있다. 한 가지 강조해야 할 것은 궁금함을 나뭇가지라고 부르며 시작되는 시임에도 불구하고 궁금하지 않은 것에 대해 분명히 언급하는 부분이 있다는 점이다. "어른 이후에 뭐가 오는지/궁금하지 않으니까/한숨처럼 말할 수도 있으니까/애완동물같이 무럭무럭 질문을 길렀다".

여기서 질문하는 자의 위치성은 분명하다. '반려'동물이 아니라 '애완'동물로 길러지다가 한 해에만 10만 마리 이상 버려져 '유기'동물이 되는 존재의 궁금증이며, 매일같이 벌어지는 이 일들을 손쉽게 잊어버리는 자가 바로 "어른"이라면 "어른 이후에 뭐가 오는지" 궁금할 필요는 없을 것이다. 그러니 이 나뭇가지의 궁금증이란 추방당한 자의 분노가 팽팽한 상태에 가깝다. 이 나무에서는 무엇이 열리는가? "손끝에 돋아난 질문을 떨어뜨리자/복숭아와 오이와 오렌지가 동시에 열렸다/서로 엉켜 있어 잘라낼 수 없는 대답이었다". 복숭아와 오이, 오렌지가 한꺼번에 열리는 나무, 그리고 그것들이 모두 긴밀히 엉켜 있기에 따로 떼어낼 수 없다는 것. 이 견고한 완결성은 더 이상 깨지거나 추방당하지 않도록 돌멩이처럼 단단히 내부로 웅크리고 있으며 이것은 세상에 던지는 질문인 동시에 세상이 받아내야 하는 대답이라고 할 수 있을 것이다.

그런데 이 시의 마지막 연을 포함해서 다시 읽자. "손끝에 돋아난 질문을 떨어뜨리자/복숭아와 오이와 오렌지가 동시에 열렸다/서로 엉켜 있어 잘라낼 수 없는 대답이었다//햇빛이었다". 마지막의 햇빛의 존재는 놀라운 것이다. 왜냐하면 햇빛은 그 어떤 윤곽도 제한도 없으므로. 앞서 길게 나열했던 이 시를 이루는 모든 단단한 명사형의 대상들이 사실은 햇빛이기도 하다고? 이를 이해하기 위해서는 꿈의 세계에 대해 이어 써야 한다. 임지은에게 시란 궁극적으로 꿈의 세계이다. 제목에서부터 명료하게 강조하고 있는 바와 같이 「꿈속에서도 시인입니다만」에서는 "시인들은 시를 쓸 때만 시간의 법칙을 잃어버릴 수 있습니다"라는 구절이 등장한다. 어쩌면 당연한 이야기일 것이다. 추방된 자들에게는 현실 속에서 그들의 시간/장소가 없으니까. 오로지 기억하고 그 기억의 존재를 명명하는 자들의 세계 속에서

만 겨우 거주할 수 있으니까. 그러나 꿈은 임시 거처일 뿐 그들의 집이 되어서는 안 될 것이다. 왜냐하면 빼앗긴 자리를 되찾아야 하니까. 그건 어떻게 가능할까?

오로지 읽는 우리를 통해서가 아닐까? 앞서 「개와 오후」를 읽으며 검둥개의 털이 현실의 것인 동시에 꿈의 것이기도 하다고 썼다. 이는 꿈으로 이뤄진 이 시집과 현실 속에서 이 시집을 펼쳐 시를 읽어 내려가는 우리가 시어들을 통해 서로 오갈 수 있다는 뜻이다. 『무구함과 소보로』에서 도처에 흩어져 있는 이 숱한 명사형의 시적 대상들의 본래 자리는 어디였을까? 이 시어들이 돌멩이처럼 스스로 웅크림으로써 자신을 보호하던 그 단단한 윤곽은 어떻게 하면 부드럽게 풀어질 수 있을까? 만일 그들이 읽는 우리와 더불어 자신의 잃어버린 자리를 찾아낸다면 스스로 그 윤곽을 열고 나오지 않을까? 그럼 그 열린 문틈으로는 햇빛이 쏟아지지 않을까? 소보로의 부스러기 속에 숨겨져 있는 코끼리를 무사히 꺼내기 위해서, 그 코끼리 속에 터질 듯이 갇혀 있는 햇빛을 꺼내기 위해서, 그들을 이 세상에 범람시키기 위해서, 우리는 시를 읽는다. ▨